AF310981

LA

PROCYNOMACHIE

POÈME HÉROI-COMIQUE

PAR

J.-L. COURCELLE-SENEUIL

Et malgré ses piquants la rose a sa senteur.

DEUXIÈME ÉDITION.

SAINT-GERMAIN-EN-LAYE

IMPRIMERIE ET LIBRAIRIE DE H. PICAULT

Rue de Paris, 27.

—

1861

LA
PROCYNOMACHIE.

Quand un chien, en litige entre deux personnes également recommandables, a donné lieu à un procès qui a nécessité quatre jugements, dont un en Cour Impériale, sept plaidoyers, plusieurs expertises, dont une à Alfort, une dépense d'argent de plus de 5,000 francs; ce chien ne mérite-t-il pas les honneurs d'un poème? Tel est l'objet de *la Procynomachie*, mot tiré de l'objet du procès et dérivé de la langue de Thucydide.

LA

PROCYNOMACHIE

POÈME HÉROI-COMIQUE

PAR

J.-L. COURCELLE-SENEUIL

Et malgré ses piquants la rose a sa senteur.

DEUXIÈME ÉDITION.

SAINT-GERMAIN-EN-LAYE

IMPRIMERIE ET LIBRAIRIE DE H. PICAULT

Rue de Paris, 27.

1861

PRÉFACE DE L'AUTEUR.

La Loi qui régit tout a fait que tout s'enchaîne :
Disserter pour un chien n'est donc pas chose vaine.
Lorsqu'il sait observer d'un œil plus qu'attentif,
L'écrivain ne rencontre aucun sujet chétif,
Et s'il veut censurer, sans blesser la décence,
Le vers seul peut oser atteindre la licence.
On lui pardonne tout, excepté de mentir,
Quand il sait à la fois instruire et divertir :

La gaîté pare bien un front d'ailleurs austère ;
Le ris, s'il ouvre un cœur, désarme sa colère.

Enfin, vous le savez, lecteur,

Maint récit, pour être comique,

Ne réclame de son auteur

Que d'être exact et véridique.

LA

PROCYNOMACHIE[*]

De Nestor je chante l'histoire :
Je veux que la postérité
L'inscrive au temple de Mémoire,
Revêtu d'immortalité.

De ses deux prétendants racontant les disputes,
Je veux des avocats vous retracer les luttes,
Et les labeurs sans fin de certains tribunaux
Et de la capitale, aussi bien que de Meaux ;
Mais ne veux nullement expliquer le méandre
Comme fit le grand Alexandre :
Trancher sans rechercher, digne exploit d'un héros,
N'aurait ici nul à-propos.

**

Dans ces bouillants tournois, que d'actes héroïques
Qui seraient mieux inscrits aux fastes homériques !
Ton étoile a pâli ; craindrait-elle un échec ?
Car c'est un sage aussi, le mien, ô Nestor grec.

[*] Du grec : *pro*, pour ; *kuón*, chien ; *makéh*, dispute.

Simple objet d'un procès à jamais mémorable
Que nos derniers neveux inscriront dans la fable,
      Il a montré certainement
      Bien plus que du discernement :
Il a su de Thémis troubler la conscience,
Et d'un doute ombrageux obscurcir la science.
Sujet inoffensif des plus aigres fureurs,
Il a pris en pitié des cortéges d'erreurs.
A peine l'a-t-on vu parfois hocher la tête,
      Même au plus fort de la tempête.
      On dit pourtant qu'il rougissait
Lorsque dans les débats son nom retentissait.
Était-ce par pudeur, par orgueil, ou par honte ?
Je ne sais, ni ne veux préjuger ; — je raconte.
L'histoire nous apprend que, sur certains propos,
      Il cessait de ronger son os,
Mais, comprenant bientôt ce qu'il venait d'entendre,
      Il se hâtait de le reprendre,
Étant, par dessus tout, de la race de ceux
Pour qui nulle saveur ne vaut le suc osseux.
Qui pourrait l'en blâmer ? Non pas moi, je vous jure :
      Tous les goûts sont dans la nature :
      Que de fois je me sens encor
      Partager le goût de Nestor !
Ah ! s'il eût pu parler !... Mais il faudrait me taire !..
Il eût dit, lui, le fond de la piquante affaire
Qui pendant près d'un an tint le monde en suspens,
      Et qui ne fut pas sans dépens.
Mais, que dis-je ? Il parla... Je le vois qui surveille ;
Et, comme pour chasser un insecte mordant,
      Secouant l'une et l'autre oreille,
Il proteste, il flétrit tout mot trop discordant.

Il agite sa queue alors qu'une apostrophe
Retentit à propos, sans trop déchirer l'air ;
Il analyse tout ; c'est un vrai philosophe,
    En son genre ; il n'a pas son pair.
En l'observant de près, bientôt on se figure
Qu'il a dû lire un peu les écrits d'Épicure.
Aussi, pondérait-il, sans haine, sans dédain,
    Tous les travers du cœur humain.
Nestor avait raison : honni soit sur la terre
Tout redresseur de torts, s'il est atrabilaire,
Si, sans s'examiner soi-même, et sans merci,
Il condamne un écart dont il prend trop souci.

Lorsque Dieu, du chaos, a fait sortir le monde,
    Il a laissé le genre humain
    Plongé dans une nuit profonde,
    Avec un flambeau dans la main.
    Par là, le Créateur, sans doute,
    A permis qu'on fît fausse route,
    Et voulu que le jugement
    Mît un frein au débordement.
    L'homme, dans sa course hésitante,
    Pourra s'égarer bien souvent,
    Car sa lumière est vacillante,
    Au plus léger souffle du vent,
    Et, retenu par une chaîne
    Qu'agitent l'Amour et la Haine,
    Par un ballottement fatal,
    Il oscille du bien au mal ;
    Ou, contre l'erreur sans égide,
    Il vague parfois dans le vide,
    Pour, après maint et maint écart,

Revenir au point de départ.
Mais, n'importe ! Il est perfectible,
Et ne connaît rien d'impossible.

Pour distiller le vrai, cueillons aussi l'erreur,
Car, malgré ses piquants, la rose a sa senteur.
Assistons chaque jour au lever de l'aurore,
Et soyons de ce monde encore.
On peut bien s'égarer dans de certains détours ;
Si l'homme était parfait, il dormirait toujours.
Moi, j'aime l'imprévu ; j'aime la controverse ;
Après un beau soleil, j'aime à voir une averse ;
Le contraste me plaît ; il me tient en émoi ;
Trop d'uniformité me cause de l'effroi.
La morale peut bien souffrir un solécisme,
Alors qu'elle a subi plus d'un gros barbarisme !
Le modeste Nestor qu'on sait être un penseur,
Bien qu'il soit acerbe censeur,
Croyait que la vertu, sans vices,
Ne serait qu'un mets sans épices ;
Qu'un mélange éclairé de tous ces éléments,
De l'esprit et du corps forme les aliments.
Si de ces aliments s'accroît toujours le nombre,
C'est la loi du progrès, n'ayons peur de notre ombre ;
Avec chaque appétit naît un pore nouveau ;
C'est une faculté qui s'ajoute au cerveau ;
Un stimulant de plus pour vaincre la paresse ;
Un ressort ajouté qui double la vitesse ;
Mais, pour les assouvir, il faut que la raison
Établisse entre tous équilibre et partage,
Et que, par le travail, se change en sain breuvage
Celui qui, hier, était un dangereux poison.

Certes, dans l'avenir, Nestor peut faire école,
Si du sage jamais on goûte la parole ;
Quand l'erreur d'aujourd'hui pourra nous prémunir
Contre l'erreur, dans l'avenir,
Ou quand l'homme qui se réveille
Se ressouviendra de la veille.

Si j'ai mis en relief Nestor sur le pavois,
Sans jactance, mais sans faiblesses,
Il est de mon devoir de célébrer, je crois,
De chaque contendant les sublimes prouesses.
Il faut rendre à César ce qui fut à César
Et chacun, suivant son mérite,
Sans qu'il doive rien au hasard,
A droit à sa part d'eau bénite.

Je vais donc avec soin compulser le dossier,
Malgré le feu de la discorde,
Et, dussé-je croiser l'acier,
Dire qui mérita la corde.
Mais je tiens pour bien avéré
Qu'on vit dans le conflit briller tant d'étincelles
Que, sans avoir un préféré,
Nul n'a pu dire à qui les palmes immortelles.

★ ★

A toi je fais appel, austère Vérité,
Du chien malencontreux fixe l'identité ;
Dis-nous combien d'argent ont coûté ces vétilles,
Argent dont on eût pu nourrir plusieurs familles.
Viens à moi !... Que ce chien, célébré par mes vers,

Passe, par son renom, et les monts et les mers !..
De ton pied vigoureux lance-le dans l'espace ;
    Que son trajet marque sa trace,
    Sous la voûte du firmament ;
    Que son souvenir permanent
    Rende son histoire féconde,
    Et montre à tous les bouts du monde
    L'Astuce avec la Vanité,
    Allant à l'Immoralité.

    O muse de la Tragédie,
    Daigne me prêter ton appui ;
    Et toi, divine Comédie,
    Jette un léger reflet sur lui.
    Mais avant, perle des coquettes,
    Si des noms sont trop apparents,
    Mets-toi du fard, prends tes manchettes,
    Pour les couvrir de transparents.
    Si, dans ta course frétillante,
    Tu vois surgir l'hilarité,
    Ne fais jamais, ma sémillante,
    Sourciller ta sœur Vérité.
    Pour que le public t'idolâtre,
    Il faut que toujours la Raison,
    De ta danse vive et folâtre,
    Mesure le diapason.
    Ceci dit, va, Muse badine,
    Je t'abandonne à tes ébats ;
    A tous surtout fais bonne mine ;
    Chatouille, mais n'écorche pas.

Certain Nemrod, dans sa tristesse,
Explorait tous les alentours :
« Nestor, s'écriait-il sans cesse,
» Reviens ! sans toi, plus de beaux jours.
» Ville de Meaux, terre de Brie,
» Compâtissez à mes douleurs ;
» Nestor, la moitié de ma vie,
» Toi seul, tu peux sécher mes pleurs ! »

Après six mois d'un tel veuvage,
On lui dit que, semblable au sien,
Un autre chien du voisinage
Est logé chez un pharmacien ;
Qu'on l'a vu gâchant dès formules,
Tant il était intelligent ;
Que même il roulait les pilules
Qu'on débite à la sotte gent ;
Que de Nestor il a la robe ;
Que son histoire est un secret ;
Et qu'aux regards on le dérobe,
Tant le public est indiscret ;
Que son port, son œil, sa prestance,
Et sa rare distinction,
Marquaient en lui la provenance
De très-illustre extraction.
Dans le public tout bas on glose
Que ce phénix, que ce trésor
Est, ni plus ni moins, même chose
Que le chien tant pleuré, Nestor.

Nemrod, poussé par la colère,
S'élance comme un furibond ;
De chez lui, chez l'apothicaire,
Il se transporte d'un seul bond.
Composant son maintien, sa mine,
Pour dissimuler son courroux,
Il dit d'une voix pateline :
« Mon chien, Monsieur, est-il chez vous ? » —
« Quoi ! votre chien !... Vous voulez rire, »
Répondit l'autre, « sur ma foi,
» Je ne voudrais pour un empire,
» Recéler chien d'autrui chez moi.
» Quoi ! votre chien !... Mais c'est injure !...
» Monsieur, veuillez changer d'avis,
» Car Azor me vient, je vous jure,
» Du marchand de draps, vis-à-vis. »

A tant d'audace et d'imposture,
Nemrod, ne croyant plus à rien,
Confus de sa déconfiture,
Abandonnait sa part au chien.

Cependant, chaque jour, une fureur secrète
Agitait son âme inquiète :
Le détenteur du chien, par quelque mot plaisant,
Chaque jour, ravivait un mal resté cuisant.

Mais ce qu'avait fait l'artifice,
Dans cet étrange compromis,
Fut renversé par la malice
Du plus indiscret des commis.
Un jour, s'étant pris de querelle

Avec le chef de la maison,
Pour une cause accidentelle,
Il avait brusquement changé de garnison.
Némésis lui soufflant la haine,
Vite, il accourt chez Cupidon (1),
Avec fureur, il se déchaîne
Contre son ci-devant patron.
« Monsieur, agréez ma franchise, »
Dit-il, « il faut absolument
» Que la vérité je vous dise,
» Sur l'objet de votre tourment.
» Oui, le divin Nestor fut caché chez mon maître
» Qui vous a déjoué, le perfide, le traître !
» Et hier matin, cédant à la crainte, au remords,
» Il l'a fait disparaître !... Hélas ! j'ai bien des torts !...
» A Chelle j'ai conduit la malheureuse bête...
» Que la foudre du ciel éclate sur ma tête !
» Oh ! voyez-vous, ça faisait mal
» De voir tant gémir l'animal !
» Il se roulait en ma présence,
» Protestant de son innocence...
» Que je fus ingrat !... Son concours
» M'a tant aidé dans les grands jours !
» Car, il faut bien le reconnaître,
» En science, il est passé-maître.
» Que n'étiez-vous à Chelle en ce moment maudit !
» C'est là qu'il est captif et la terre est son lit.
» Oh ! que ma douleur est extrême !...
» Quand j'aurais dû le secourir,
» Je rougis de penser que Nestor, par moi-même
» Abandonné, captif, de chagrin peut mourir...

(1) Nom fictif d'un des prétendants du chien.

» Arrêtez !... Suspendez une juste colère !...

    » Vous me pardonnerez, j'espère,

    » Alors que sous vos yeux j'ai mis

» Les fils que les méchants contre vous ont ourdis. —

    » Croyez-moi de tout point, quand j'ose

    » Dévoiler ce tissu d'horreur,

    » Et que, par écrit, j'en dépose

    » Entre les mains du procureur. »

A ce discours Nemrod répond : « C'est à merveille !

» Aurait-on pu jamais croire à chose pareille ?

» Qui pouvait supposer que chez un pharmacien

» Fût un objet suspect, quand l'objet est un chien ?

» Ho ! mais je te tiens, mon compère,

    » Et nous allons vider l'affaire.

    » Peste ! tu n'es pas délicat !

    » Aussi je veux qu'on te punisse,

    » Ainsi que ton roué complice ;

» Vous paierez capital, intérêt, reliquat.

    » De ta part, tout était donc feinte :

» Cette indignation, autant que ces propos,

    » Et ce marchand de calicots !

    » Mais le fait d'aujourd'hui t'éreinte.

    » Ta nacelle a touché l'écueil,

    » Je veux submerger ton orgueil,

» Et je vais au parquet pour déposer ma plainte.

» Pour cette fois, mon vieux, te voilà bien pincé.

» Merci, mon Dieu, merci de ta munificence

    » Qui fait tomber en ma présence

    » Ce pauvre commis évincé. —

    » Allez, Monsieur, je vous pardonne :

» Je prends acte de vos discours ;

» Si l'on requiert votre concours,

» Faites ce que l'honneur ordonne. —

» Juste ciel ! se peut-il ?... Et j'avais résolu

» De noyer dans l'oubli ses imprudents sarcasmes,

» De garder sur ces faits un silence absolu,

» D'étouffer dans mon cœur de cruelles alarmes !

» Mais la chose, aujourd'hui, prend un tout autre aspect :

» L'insensé ! Croit-il donc, par un vain stratagème,

» Échapper à mes coups, quand il se perd lui-même ?...

» Bannissons tout scrupule, et plus de faux respect !...

» De sentiments divers je sens vibrer mon âme...

» Pauvre Nestor !.. Mais c'est infâme !..

» En avant ! Cupidon, tes flèches, ton carquois !

» Va pourfendre ces Iroquois ;

» Déjà ton honneur le réclame.

» A l'œuvre ! à l'œuvre ! et l'on verra

» Quel est le maître !... » Et cœtera.

*

Le cœur gonflé par l'espérance,

Il trouve un moyen précieux,

En demandant à la science

L'âge du chien litigieux.

Donc, pour aller plus loin, il faut que je vous dise

L'âge du chien, c'est capital.

Le voici, d'après l'expertise

Que je lis au procès-verbal.

« Mon chien, se disait-il, a douze mois à peine,

» Et le sien en aurait au moins une vingtaine...

» L'âge est un criterium sûr :

3

» *Eurêka !* (1) Je triomphe ! Il est au pied du mur !

» Consultons les experts... » Or, déjà l'on devine

L'avis de Buffon et de Pline.

L'un d'abord, l'autre un peu plus tard,

Examinant le chien de la queue à la face,

Nota son poil et son regard.

On fut divergent sur la race.

Chacun put voir des dents l'éclatante blancheur.

On admira surtout cette bouche vermeille,

Qui parut être une merveille,

Par son incarnat, sa fraîcheur.

Ce fut d'ailleurs chose facile,

L'animal étant très-docile.

Dès-lors, on regarda l'arrangement des dents,

Leur nombre, leur degré d'usure,

Le nez, les yeux, la portraiture,

L'influence des aliments.

Les dents portent, enfin, autour de leur couronne

Une verte incrustation

Dont on parla. Donc, je vous donne

De ces faits la conclusion.

Pline dit : « C'est un an et quelques mois, je pense. »

Buffon dit : « Vingt, je crois, mais pour plus de rigueurs,

» Du vrai pour augmenter la chance,

» Je vais consulter mes auteurs. »

(Si je vous ai nommés dans ce dire bouffon,

Pardonnez-moi, vieux Pline, ainsi que toi, Buffon.)

Aux examinateurs le chien se plaint, il jappe ;

On dirait qu'il est irrité,

Lorsque le malin rit sous cape

___

(1) *J'ai trouvé.* Exclamation d'Archimède au moment où il découvrait le principe de la loi du poids spécifique des corps.

Du défi qu'il leur a jeté.
Il riait en crispant sa face,
Vociférait des cris stridents,
Et, tout en faisant la grimace,
Il leur montrait encor ses dents.

*

A cette lumière imprévue,
Nemrod d'un avocat va prendre le conseil ;
Il veut que la vérité nue
Éclate aux rayons du soleil.
Quand même, il veut faire tapage
Au sein de la ville au fromage,
Qui jamais ne vit fait pareil.
Il veut qu'on en parle sans crainte,
Sous le chaume, dans le salon ;
Il fait retentir de sa plainte
Et la colline et le vallon.

Le cas étant bien entendu,
L'avocat dit : « La cause est bonne :
» Dût le coupable être pendu,
» Votre chien vous sera rendu,
» Ou je demeure confondu.
» Je plaide pour toute personne ;
» Plaider toujours, c'est mon métier ;
» Je plaiderais cent fois pour un brave officier,
» Surtout quand son bon droit l'ordonne.
» Or donc, voici mon sentiment :
» C'est un vol qualifié, c'est une escroquerie

» Qui s'aggrave aujourd'hui d'une escobarderie,

» Et, sans aucun ménagement,

» Ainsi que vous, je suis d'avis

» Que les fripons soient poursuivis.

» Surtout soyons prudent ! Pour moi, la chose est claire :

» Le cas est criminel, la peine est la prison ;

» Vous devez sans retard évoquer cette affaire

» Chez le juge d'instruction.

» Pour confondre leur impudence,

» Nous avons pour nous la science.

» Le péché n'est pas si véniel ;

» Puisqu'ils y mettent tant de fiel,

» Nous, nous y mettrons poivre et sel.

» Ho ! je connais les deux apôtres,

» Et, malgré tous leurs patenôtres,

» Ils en ont déjà fait bien d'autres.

» Ah ! certes, oui, qu'ils sont retorts !

» Mais sur eux tombent tous les torts,

» Malgré leur aplomb, leur malice,

» On le verra bien en justice. —

» Si le chien a par l'un à l'autre été donné,

» Quelque souvenir le moleste,

» Et l'on sera bien étonné

» Si jamais, un beau jour, on peut savoir le reste.

» Déjà l'on dit et je maintiens

» Qu'il n'a jamais aimé les chiens ;

» La générosité de sa part me déroute ;

» Sur la possession je ressens quelque doute.

» Depuis quand ? Et pourquoi ? De qui le tenait-il ?

» Tel est l'ordre de faits qui donnera le fil

» Indicateur de notre route.

» Mais procédez bien sagement,

» Car notre Meaux n'est qu'un village ;
» Vous pourriez, dans le jugement,
» Sentir l'effet du compérage.
» Vous connaissez bien les Meldains
» Et, partant, vous devez comprendre
» Que leurs appétits peu mondains,
» Seront révoltés de l'esclandre.
» L'affaire ira cahin-caha :
» Peut-être la bigoterie
» Excusera l'escroquerie…
» Mais l'équité triomphera ;
» On vous fera justice entière ;
» L'obscurité sera lumière ;
» Allez donc toujours, je suis là,
» Et qui vivra verra. Voilà. »

A ce discours plein d'éloquence,
Nemrod fut comme sidéré ;
Il répond par un long silence.
Tout bien vu, bien considéré,
Il prend une pose pensive,
Et, non sans attendrissement,
Il dit d'une voix expansive :
« Je gagnerai certainement,
» Grâce à vous ; mais, pardon, la cause est si chétive,
» Pour un homme d'un tel talent ! »
Flatté de cette politesse
Dont il sent l'à-propos et la suavité,
L'avocat dit : « Je m'intéresse
» Au succès par vous mérité ;
» Mais je vous avertis d'avance,
» Et je vous parle sans façon :

» Servir qui combat pour la France
» Ne demande pas de rançon. »

Puis, s'étant inclinés trois fois de même sorte,
Après un langage si net,
Cupidon passa par la porte,
Et l'autre dans son cabinet.

*

Au bout de peu de jours, on instruisit l'affaire,
Suivant le conseil salutaire.
Je vous laisse à penser les mille bruits divers.
Sévères, plaisants ou pervers
Qui voltigent de bouche en bouche
Quand chacun parle, agit dans le sens qui le touche ;
Et lorsque la malice irrite le ferment
Que couve le dissentiment,
Si bien qu'à la plaisanterie
Succède la picoterie.

Ainsi dit, ainsi fait. — Oh ! jour délicieux !
A peine on le croirait sans l'avoir vu des yeux ;
Mais je l'ai vu, lecteur, ne sois pas incrédule,
Oui, j'ai vu l'aune et la spatule,
Conjointement,
Dans cette risible équipée,
Se disputer avec l'épée,
Mais rudement,
Pour un animal, un fétiche,
Un atôme qu'on fait plus gros qu'un éléphant,

Pour la possession d'un malheureux caniche,

      Chez Thémis, — non, — chez son enfant.

      Mais cet enfant est si précoce !

      De la justice il a la bosse.

      Chère Thémis, je le vois bien,

      Ton enfant terrible ira loin.

      A quoi bon ton poids, ta balance ?

      Lui, possède la prescience.

      Son intellect sait pénétrer

      Les faits, sans les faire expliquer.

Jamais dans ses arrêts, on le sait, il n'étale

L'artifice d'un mot pompeux, efflorescent ;

Jamais sur tes autels la plus chaste Vestale

Pût-elle entretenir feu plus incandescent ?

      Dans cette affaire délicate,

Pourrait-il sur un front imprimer un stigmate ?

      Chaque témoin est entendu,

      Pour ou contre, dans moins d'une heure.

      Et le commis ? — Il est perdu ;

      On ne connaît plus sa demeure.

      Quoi ! perdu, lui, le principal ?

      Oui, perdu, nous dit la police.

      Le juge sur ce détail glisse.

Le dire du commis serait d'ailleurs fatal.

A quoi bon s'embrouiller ? Quelle déconvenue,

S'il fallait condamner pour si peu, pour un chien,

D'honnêtes commerçants ayant perron sur rue !

Le juge ne crut pas qu'il le pût. — Fit-il bien ?

Et du marchand drapier empruntant la mesure,

      Il toisa le corps du délit ;

Le trouva trop petit. — Aussitôt ta figure,
On l'a vu, Cupidon, pâlit.

D'un jugement si négatif,
Qu'il croit dicté par la cabale,
Nemrod, devenu plus pensif,
En appelle à la capitale.
Elle maintient le jugement,
Tout purement et simplement.
Or, Nestor est à lui. — Que pourra-t-il bien faire ?...
Mais l'avocat, esprit subtil,
Dit qu'il faut reporter l'affaire
Devant le tribunal civil.

★

Cet avis fut suivi. — Je tais la procédure,
Car vous l'énumérer serait tâche trop dure. —
Devant la cour de Meaux, nous voici. — L'on plaida ;
Mais je veux passer sous silence,
Ce qui fut dit dans la séance,
Qui d'ailleurs rien ne décida.
Chaque avocat pourtant parla pendant une heure,
On en entendit trois, mais ce ne fut qu'un leurre.
On discuta surtout, je dois
Vous en faire ici la remarque,
Sur le nombre de jours, de mois,
Dont le chien indiquait la marque.
« Quel âge a donc cet animal ? »
Se demanda le tribunal.
« Si nous voulons avoir une croyance saine,
» Remettons la cause à quinzaine,

          » Consultons un expert plus fort,
          » Invoquons l'oracle d'Alfort.
» Pour Dieu, demandons-lui que lui-même examine
» Ces frères prétendus du chien ; leur parenté ;
» Quels sont les attributs, dans la race canine,
» Auxquels on reconnaît la consanguinité. »
(Thémis, à ce moment, regarda la Science ;
          Elles sourirent, et soudain,
          Après un tout petit silence,
          Elles se donnèrent la main.)
          Ce jour-là, tout ce qui fut dit
          Sur la propriété, sur l'âge,
          Se trouve de tout point redit,
          Dans quinze jours. — Tournons la page.

                            *

Mais avant, sachez bien qu'à quelques jours de là,
          L'oracle consulté parla.
          Une foule avide et nombreuse
Voulait voir éclaircir la question ténébreuse ;
          Elle eût donc hâte d'accourir,
          Pour voir l'oracle discourir. —
L'affaire avait grossi : quelqu'un, dans un nuage,
          Avait vu l'indiscrète Iris,
          Portant à la main un message
Qui mandait du renfort au barreau de Paris. —
Dans Alfort, ce jour-là fut un vrai jour de fête,
Pour les chiens du canton : chacun vint voir la bête
          Et fit, par un doux hurlement,
          Pour honorer cet hôte illustre
          Qui sur eux jetait tant de lustre.

Éclater son contentement ;

Et même, pour lui rendre hommage,

Chacun vint à son tour flairer le personnage.

On disputait déjà, déjà chaque parti,

Après s'être lancé maint et maint démenti,

Revendiquait son droit qu'il fondait, sans réplique,

Sur l'arbre généalogique,

Lorsque le professeur parut...

A son aspect, chacun se tut.

Quand il eut médité sur le cas qu'on lui pose,

Examiné le chien, de preuves fait moisson,

Il fit aux assistants une saine leçon,

Qui jeta du jour sur la cause.

Le chien, dit-il enfin, *a dix ou douze mois*,

Et d'une main non indécise,

Il écrivit son expertise

Qu'il faut bien croire cette fois,

Car il avait prêté serment,

Devant l'autorité publique,

En jurant sur l'honneur qu'il serait véridique. —

Je le crois donc sincèrement.

Puis, jetant ses regards sur ces chiens qu'on présente,

Comme parents, des deux côtés,

Il trouva que la chose était au moins plaisante ;

Ils furent par lui mal notés.

Il reconnut que la famille

De mésalliances fourmille ;

Que le sang est trop vicié,

Pour pouvoir être apprécié,

Et que la parenté, sur si nulle apparence,

Ne peut se préciser, en semblable occurrence ;

Qu'à peine le peut-on de la mère à son fils,

Mais jamais d'élle aux petits-fils ;
Quant au père, c'est pire encore.
Il parla nerfs, vaisseaux, sang, fibre, os, muscle, pore ;
Des divers appareils et de leurs fonctions ;
Insista sur la loi des générations ;
Je ne sais s'il cessait au coucher de l'aurore,
Tant il eut d'inspirations.
Il parla longuement de physiologie ;
Discuta généalogie ;
Puis revint sur Nestor-Azor,
Et, dans sa phraséologie,
Il vanta la science, étala son trésor.
Je ne puis narrer tout : je ferais trop de fautes :
Hélas ! le vent jaloux a dispersé mes notes !
Je sais qu'il démontra qu'il faut n'ignorer rien
De tout fait afférent à l'histoire du chien.

Je le vois, cher lecteur, ce parler dogmatique
Captive votre esprit, tant il est substantiel ;
Quant à moi, je vous fais l'aveu confidentiel
Que j'aime au moins autant l'ardente polémique.
Déjà sont préparés des discours bien plus beaux ;
Reprenons la route de Meaux.

Quinze jours sont passés. — Courons voir la rafale
            Que doit affronter la morale.
L'heure presse : déjà le temple de Thémis
Ébranle ses battants et je veux être admis.
            Voyez la foule qui pénètre
            Par la porte, par la fenêtre.
Il grêle, il neige, il pleut, tant ces événements
            Ont courroucé les éléments ;
Mais le bruit du dehors, au dedans le vacarme,
Sont apaisés soudain, quand, d'un air magistral,
            Cria tout haut le bon gendarme :
Silence sur les bancs ! voici le Tribunal !
            Ici, lecteur, je vous conseille
D'écarquiller les yeux, d'allonger votre oreille :
            Bientôt la chaste Déité,
            Quoique sentant qu'elle déroge,
Quand pour si piètre exploit elle endosse la toge,
            Va nous dire la vérité.
            La chose sera délicate ;
            Désopilons-nous donc la rate,
            Car on dit que contentement
            Élucide l'entendement.

Les débats sont ouverts : une grande affluence,
Au moment décisif, prend place à l'audience.
Les uns sympathisant au sort de Cupidon,
Et d'autres, moins nombreux, si j'ai bonne mémoire,
Voulant de la discorde aviver le brandon,
Chez leurs amis. venaient encombrer le prétoire.

Juges et président, substitut, procureur,
Chacun des prétendants et chaque défenseur,
Tout le monde est présent : chacun, avec courage,
A son poste, veut voir les éclats de l'orage.
   Et puis, l'arôme du péché
Tenait, par son montant, tout le monde alléché.
Chacun des assistants, au terme de la course,
Pour apaiser sa soif, voulait boire à la source,
Car l'eau vive qui court longtemps dans le ruisseau
S'altère et se corrompt au contact du roseau ;
Mais calmez vos soucis, lecteur, j'ai trouvé place
Et vu de mes deux yeux les faits que je retrace.

Un avocat fameux illustra ce procès,
Car il vint de Paris, la veille, tout exprès.
Son souvenir vivra toujours dans ma mémoire ;
Non, jamais orateur ne cueillit tant de gloire.
   Je dois dire qu'il m'effraya
   Par les moyens qu'il déploya.
   Toute preuve paraissait vaine
   Contre ce nouveau Démosthène.
Par sa dialectique et sa péroraison,
   Il troubla presque ma raison.
   A l'éclat de tant de lumière,
   Il fallut fermer ma paupière.
Tant de talent sied mal à si minces débats,
   Il lui faut plus noble carrière ;
Tu devrais bien, Paris, garder tes avocats.
Silence ! Le voici ! C'est lui qui va parler !
Soudain, tous les regards sur lui vont se fixer :
Il tousse quatre fois, il crache, il se recueille,
Cherche dans son dossier, en tournant chaque feuille,

Trousse sa manche, — cette fois,
En cherchant une idée, il retrouve sa voix.

« Messieurs, dit-il enfin, le motif qui m'appelle
» A parler devant vous n'est qu'une bagatelle :
» Et pourtant mon client, lésé dans son honneur,
» Si je n'obtenais pas de vous toute faveur,
» Supportera le poids d'un destin bien contraire,
» S'il n'est pas déclaré du chien propriétaire ;
» Et moi je maudirai mon modeste métier,
» Si je ne puis prouver son droit. — Il est entier.
» Je suis fier de parler dans cette auguste enceinte,
        » A cœur ouvert et sans contrainte.
» Monsieur mon adversaire est un homme éloquent,
        » Mais, tout en le louant d'avance,
» Je ne puis redouter aucune conséquence :
» Que peut contre le droit n'importe quel talent ?
» Daignez enfin, Messieurs, agréer l'humble hommage
        » Que j'adresse à l'Aréopage,
        » Pour le très-sympathique accueil
» Qu'aujourd'hui je reçois. Il sera mon orgueil.
» Sur ce terrain battu pourrais-je faire éclore,
» Cueillir et vous l'offrir quelque fille de Flore ?
» Non; mais si j'appétais ici quelque bravo,
» Je vous raconterais cette affaire, *ab ovo ;*
» Je citerais des faits très-saillants de l'histoire ;
» De mon raisonnnement ils seraient les supports ;
» Je vous démontrerais, sans fatras, ni grimoire,
        » Et sans vider mon répertoire,
» Qu'ils ont avec ma cause au moins quelques rapports.
» Ainsi, je vous dirais : Amour a perdu Troie ;
» Le Capitole un jour fut sauvé par une oie ,

» Puis, laissant de côté les Grecs et les Romains,
» Je prendrais un appui dans des faits surhumains,
» J'invoquerais le ciel, quelque grand météore,
   » Le déluge... Que sais-je encore ?...
   » Mais ce langage fastueux
» Montrerait de ma part un but présomptueux :
» Chaque chose en son lieu. — L'inflexible logique
» Vous paraît préférable aux fleurs de rhétorique.
» Vous avez bien raison ! et, dans sa crudité,
» L'homme fort de son droit montre la vérité.
» Telle vous la verrez : comptez sur ma promesse.
» Si, pour la rechercher avec sincérité,
» Le temps m'a fait défaut, quoiqu'étant sans paresse,
» Et venu de Paris par la grande vitesse,
   » J'en sais, je crois, encore assez
   » Pour pouvoir mettre en évidence
   » La loyauté, puis l'innocence
   » De mon client, dans ce procès.

» Sans doute vous savez, mais enfin je rappelle,
   » Pour des motifs que chacun sent,
   » Que la haute cour criminelle
   » L'a déclaré très-innocent ;
» Et permettez ici qu'en passant je décoche
» Un trait légèrement trempé dans le mépris :
» On l'accusait de vol ! Jamais pareil reproche
» Pouvait-il résister aux quolibets, aux ris ?

» On connaît son talent : chacun, dans son office,
   » Va tous les jours pour se munir
   » De remèdes, d'eau dentifrice,
   » Et de racines de réglisse,

    » Et d'emplâtres et d'élixir.

    » Sa probité proverbiale

    » A mon adversaire est fatale.

» Le chien lui fut donné, — voici le donateur,

» Comme lui, jouissant et d'estime et d'honneur.—

» Tous deux sont mariés, je pense ; — ai-je raison ?... »

(Une voix indiscrète avait répondu : non !)

« Déjà, pour les juger, cela devrait suffire.

» De la race du chien tout ce qu'on a pu dire,

» Ainsi que sur son âge, est vraiment merveilleux ;

    » Il serait trop fastidieux

    » De m'entendre tout reproduire.

» Très-longtemps j'ai vécu parmi les animaux ;

    » Ils ont captivé ma tendresse ;

    » Ils ont absorbé les travaux,

    » Les études de ma jeunesse,

    » Car d'Alfort j'ai suivi les cours ;

    » Aussi, fort de ma compétence,

    » Je puis vous parler, sans détours,

    » Des ressources de la science.

» Un expert de Paris, connu par son renom,

» De l'oracle d'Alfort peut balancer le nom :

» Il a de la science opéré la réforme :

» Or, à son sentiment ma croyance est conforme.

    » Acceptez cette autorité,

    » Offrant toute sécurité.

    » Je dois vous dire avec franchise

    » Que j'ai là sa contre expertise.

    » La voici ! Chacun peut la voir !

    » Vous serez convaincus, je pense ;

    » L'auteur a bien quelque savoir,

» Il est de l'Institut de France !... »
(C'est le père !... Il parle du fils !...
Dit le public, qui toujours cause. —
Le père ou bien le fils, tant pis !
Dit un autre avocat, c'est bien la même chose.) —
« Messieurs, malgré cet incident
» Qui ne peut infirmer ma cause,
» Le chien compte deux ans, c'est écrit sur sa dent :
» Allez l'examiner, ce sera plus prudent
» Que de s'en rapporter à ces vaines paroles
» Des experts, qui pour moi ne sont que fariboles.
» C'est un tas d'hésitations,
» Orné de contradictions.
» Si l'on a pu se demander,
» Comment deux augures, sans rire,
» Se pouvaient-ils bien regarder,
» Des experts j'en puis autant dire. »

Le trait avait porté : l'auditoire sourit,
Et loua l'orateur de montrer tant d'esprit.
Il fut content de lui, garda son air sévère,
Mais, par un geste fin, on vit son adversaire
Entr'ouvrir un petit tiroir,
Sourire, et lui montrer le coin de son miroir.

Il reprit : « Cette parenté
» Avec tels autres chiens, contre nous qu'on invoque,
» N'est pour moi qu'une inanité,
» Et de tout point je la révoque.
» On présente deux chiens pour être examinés :
» D'une mère d'Azor ils seraient, dit-on, nés,
» En même temps que lui. Nous trouvons que la race.

» Le poil, l'âge, la dent et tout, en vérité,

  » Ne laisse suivre nulle trace,

  » Aucun signe de parité.

» Qui ne voit dans ces faits les fils et la coulisse,

  » Je le tiens pour un vrai Jocrisse.

» Jamais on ne croira que les mêmes parents

» Aient pu donner le jour à chiens si différents.

» Pour avoir inventé si mesquine trouvaille,

» Il faut, je le crains bien, que la raison déraille.

  » Mais, pour en finir, je reviens

  » A mes moutons, non, à mes chiens...

. . . .

» Resterez-vous enfin tranquille à votre place !

» Maître adverse.... Il va, vient, tourne, passe et repasse,

» De mon raisonnement me fait perdre le fil ! — »

Celui-ci répartit : « Vous n'êtes pas gentil !

  » A peine j'ai quitté mon siège,

  » Pour voir tomber ces tas de neige !...

 » Si vous récriminez parce que j'ai passé,

 » Ne dites pas, du moins, que je suis repassé.

  » Mais, Monsieur mon antagoniste,

  » On saura retrouver la piste.

 » Nous verrons qui des deux sautera le fossé. »

  L'apostrophe plaisante et dure

  Engendra rires et murmure.

Opposant à ces bruits un superbe dédain,

  L'orateur ajouta soudain :

 » On parle d'un commis : mais la chose est comique,

  » Au moins autant qu'elle est inique :

  » Pour vouloir perdre son patron,

 » N'a-t-il pas à vos yeux fait un acte poltron,

» Subi le sentiment d'une basse vengeance
    » Qui bâillonnait sa conscience
» Et le poussait au mal ? Mais l'erreur d'un instant
    » N'a pas eu d'effet persistant,
» Et, déjà c'en est fait, sa vie est misérable,
    » Un repentir amer l'accable !...
» Quel exemple ! Messieurs, le cri du repentir
» Nous montre du Très-Haut l'implacable colère.
» Et quand sur un mortel elle se fait sentir,
» Il n'a plus ni plaisir, ni repos sur la terre :
» La honte le poursuit, le remords le perdra !
» Ce commis délateur trahit la foi publique :
» Il est perdu, dit-on, — de honte il se pendra !
    » Que peut objecter la réplique ?
» Des discours évasifs, ou ce doute énervant
» Qui paralyse tout, de tout est dissolvant...
» Ah ! si la foi jamais doit faire place au vice,
» Quelle trouve un abri, Messieurs, dans la justice !... »

Chacun des assistants s'examine à ces mots,
Pour voir s'il est l'objet d'un tel réquisitoire ;
La voix de l'orateur eut de puissants échos :
Un long frémissement parcourt tout l'auditoire.

« Si vous êtes émus, croyez que je le suis
» Au moins autant que vous, Messieurs, et je poursuis,
» Mais sans sortir des faits : l'honneur que je réclame
» Est de capter l'esprit, non d'endoctriner l'âme.

» Il est bien vrai qu'à Chelle Azor fut envoyé
» Chez un ami, chasseur ; mais jamais, quoi qu'on fasse,
    » Mon client ne s'est fourvoyé.

» En voulant que son chien fût instruit pour la chasse.
  » Ho ! votre geste négatif
» Ne prouve nullement qu'il ait été fautif.
» D'après de pareils faits, je ne saurais comprendre
» Qu'on osât plus longtemps contre nous se défendre,
» Lorsqu'un désistement, un acte d'abandon
» Sauverait votre honneur, aurait notre pardon,
    » Mettrait à néant la chicane
    » Dont le pays entier ricane.

» Messieurs, de mon discours excusez la longueur :
» L'adversaire est soldat : son partage est la gloire :
    » A nous vous sauverez l'honneur
    » Intact et sain, j'ose le croire.
    » Nestor que j'entends aboyer,
    » Par sa voix veut faire comprendre,
    » Comme l'a fait mon plaidoyer,
    » Que c'est à nous qu'on doit le rendre.
» Messieurs les magistrats, dans ce jour solennel,
    » En présence de l'Eternel,
» Que le feu du devoir illumine votre âme !
    » Frappez avec sincérité !
» Mais il va droit au cœur de toute la cité,
» Le glaive qui sur nous émousserait sa lame. »

L'auditoire fut tout ému ;
Chacun à l'orateur exprima sa louange :
Cupidon prit un air étrange ;
Il croyait son procès perdu.
Mais bientôt la fortune change,

Lorsque son défenseur sourit,
Et, prenant la parole, dit :

« Messieurs, nous savons tous que le cours de la Seine
» Féconde et fait germer l'intelligence humaine.
» Ce fleuve, dès longtemps, par ses replis divers
» Et les flots du progrès, inonde l'univers.
» Que ne puis-je, à mon tour lancé dans la carrière,
 » Faire, sous vos yeux fascinés,
 » Jaillir des torrents de lumière
 » Dont vous fussiez hallucinés ! !
» Ou que n'ai-je, du moins, cette simple éloquence,
 » Ce langage souple et précis
 » Qui commande à la conscience
 » Et fixe les cœurs indécis !!.....
» Mais, enfin, tout soleil peut avoir son nuage,
» Et, passez-moi le mot s'il est trop égrillard,
» De la Seine on a vu le fortuné rivage,
» Quelquefois obscurci par un épais brouillard.
 » Après tout, la Seine a sa source :
 » Or, parmi tous les affluents
 » Qu'elle collige dans sa course,
 » La Marne est des plus influents.

» Vous avez dû sentir l'effet de l'hyperbole
» Pénétrer vos esprits, mais, Dieu merci, jamais
» Votre cœur n'a faibli, c'est ce qui me console,
» Car, pour vous dire tout, autrement, je craindrais.
» Je sens bien qu'aujourd'hui le labeur n'est pas mince,
 » Pour un avocat de province,
 » Lorsque, par un sublime effort,
» Il doit sauver le droit et démasquer le tort ;

» Lorsqu'il faut obscurcir la splendeur d'un langage

    » Dont je suis moi-même ébloui,

    » Dissiper l'effet d'un mirage

    » Dans nos murs, hélas ! inouï.

» Après le beau discours que vous venez d'entendre,

» Quant au talent, je sais que je devrais me rendre ;

» Mais des mots agencés avec art, avec goût,

» Constituent-ils un droit sur le chien ? — Pas du tout.

» Nestor est à Nemrod, qui peut le méconnaître ?

» Puisqu'il l'a caressé comme on fait à son maître.

» Les témoins, le commis, Alfort, tout en fait foi.

    » Votre savoir n'est rien pour moi.

» Quand Alfort a parlé, vous devriez vous taire,

    » Vous qui n'avez su rien y faire,

    » Et qui l'avez tant fréquenté,

    » Sans pouvoir être patenté.

» Aussi, c'est bien en vain que votre rhétorique

» Dit connaître, affirmer des faits que nul n'explique,

» Pas même votre expert, en admettant qu'il fût

    » Membre éminent de l'Institut.

» L'histoire du commis démasquant la cabale,

    » A pu blesser votre morale,

» Mais, dans ce cas douteux, j'approuve, quant à moi,

    » Son retour à la bonne foi.

» Vous avez contre lui des paroles trop vives,

    » Je dois dire des invectives,

» Pourtant, je puis douter qu'il vous donne raison.

    » En opérant sa pendaison,

    » Quoique, par un effort suprême,

    » Par un langage artificiel,

» Vous avez contre lui fulminé l'anathème,

»   Appelé le courroux du ciel.
» Vos accents ont été pénétrants et sublimes ;
» J'ai goûté, pour ma part, vos efforts magnanimes ;
» Vous avez captivé les cœurs et les esprits ;
» D'un tel entraînement chacun était surpris.
» Mais les évènements, malgré leur amertume,
» Doivent être acceptés, du moins c'est la coutume,
» Et quand vous nous peignez par le doute envahi,
» C'est vous qui vous montrez par l'embarras trahi.
» Vous faites, il est vrai, par des mots emphatiques,
» Miroiter avec art le prisme de l'erreur :
» Efforts sans résultat, impuissantes rubriques !
» L'art ne saurait parler le langage du cœur.
» L'orateur qui n'a pas une entière croyance
» Dans son sujet, n'a plus ni force, ni puissance ;
» S'il veut trop s'élever et paraître imposant,
» Un sourire l'accueille ; il n'est plus que plaisant.
» Cette histoire, on le voit sans peine, vous tourmente
» Et vous y répondez d'une façon charmante,
» Mais le fait est acquis, et vous avez perdu,
» Dès le jour où Nestor à Chelle a disparu.
» Ce jour jette sur vous une lueur bien triste :
» Il donne au rapt du chien toute la gravité
»   » D'un attentat prémédité,
» Et de tous vos méfaits parachève la liste.
» Votre tort est flagrant, et, pour vous redresser,
» Vous dites qu'à la chasse on voulait le dresser !
» Le talent de Nestor n'est point fait pour la chasse :
» Il a trouvé chez vous une plus noble place.
» Vous lui donnez deux ans, son cerveau endurci
» D'un si chétif emploi ne prendrait nul souci ;
» Et, d'ailleurs, en eût-il conservé l'aptitude,

» Des agrestes travaux il n'a plus l'habitude.

» Deux frères de Nestor ont été présentés,
      » Pour être par vous confrontés ;
      » Vous vous récriez sur leur taille :
» L'un est un peu trop grand, l'autre un peu trop petit...
» Comment vous contenter ? Il faut bon appétit
» Pour goûter des raisons où le bon sens défaille.
» Vous avez contesté sa noble parenté,
      » En méconnaissant sa lignée :
» Si vous l'aviez tantôt un peu mieux écouté,
» Sa voix était le cri de son âme indignée.

» On vous a, dites-vous, dégagés du larcin ;
» D'accord : tout meurtrier n'est pas un assassin :
» Mais, au lieu d'en tirer une vaine jactance,
» Reconnaissez plutôt l'effet de l'indulgence.

» Vos clients, dites-vous, sont gens remplis de cœur :
» Croyez-vous que le mien ait forfait à l'honneur ?...
      » Si ma bouche n'était discrète,
      » Je leur laverais bien la tête... »
      (Sur ce, le président parla :
      J'entendis ces mots : halte-là !)
» Ho ! soyez sans souci, Messieurs, si je m'exalte,
» Jamais pour le ruisseau je n'ai quitté l'asphalte ! !...

» On a donné le chien, le fait est bien prouvé,
» Mais d'où donc venait-il ? Qui pourra nous le dire ?
      » Par hasard, l'aurait-on trouvé ?
      » C'est possible, mais ça fait rire.
» L'aurait-on élevé ? C'est bien douteux pour moi.

» Puisque le donateur ne peut sentir les bêtes,
» Et, pour prouver ce fait, plus de cent voix sont prêtes ;
    » Expliquez-nous un peu pourquoi
» Prodiguer tant de soins et de sollicitude
» Pour élever un chien, quand on veut le donner.
» Etait-ce par hasard pour en faire une étude ?
    » J'aurais lieu de m'en étonner,
» Car je n'ai jamais su que, depuis qu'il existe,
» Le marchand donnât rien ou fût naturaliste.
» Dans l'eau trouble plutôt dites qu'il l'a pêché,
    » Et qu'il a cru s'être séché ,
    » Quand à l'amitié complaisante
    » Il faisait cette offre galante ;
» Mais un coup de filet, s'il a fait prendre un chien,
    » Ici ne pourra prouver rien,
» Si ce n'est confirmer la valeur du langage
    » Qu'on entend dans le voisinage,
    » Et qui n'est pas, on le sait bien,
    » Tout-à-fait à son avantage.

» Quant aux frères bâtards que l'astuce a fournis,
    » Vous me saurez bon gré, je pense,
    » Lorsqu'Alfort les a tant honnis,
    » D'observer sur eux le silence...

» Et c'est nous qu'on voudrait voir demander pardon,
» Après de pareils faits, faire acte d'abandon !
» C'est vous que le remords ébranlera, sans doute,
» Qui vous désisterez : autrement, c'en est fait,
    » Le délit conduit au forfait ;
    » Vous en suivez déjà la route.

» Vous le voyez, Messieurs, le cas est évident ;

     » Oui, Nestor est à nous, vous dis-je ;

     » L'adversaire est bien éloquent,

     » Mais il ferait un vrai prodige ,

     » S'il pouvait, dans cette litige,

     » Obtenir votre assentiment.

     » Ah ! n'allez pas, je vous adjure,

     » Donner raison à l'imposture ,

     » Lorsque, pour fixer votre esprit,

     » Un des princes de la science

     » Vous a formulé par écrit

     » Les motifs de votre sentence.

» On ose demander un jugement partial

» Qui place le clocher avant l'ordre social !

» Illusions !... Jamais l'intérêt de village

» Fit-il mollir vos cœurs, faiblir votre courage ?

» Non, non : votre passé répond de l'avenir ;

» L'erreur, même d'un jour, ne saurait le ternir.

» Je me sens pénétré d'un rayon d'allégresse ;

» Il m'éclaire et je vois que, par votre sagesse,

» Le moment est venu de sauver à la fois

» Et Cupidon en deuil et Nestor aux abois. »

     La foule, longtemps frémissante,

     Décerna le prix du vainqueur

     A cette parole puissante

     Dont les accents vont droit au cœur.

Le troisième inculpé, lorsque son ami sombre,

     Quand il a, lui, tout excité,

Prudemment se glisse dans l'ombre,
Et du débat est écarté.
Passons !...

Le procureur, résumant la séance,
Du côté de Nemrod fit pencher la balance.
Dans un exposé court, lumineux, incisif,
Il présenta les faits sous leur jour positif.
Son langage imposant tint la foule attentive,
Et sa haute raison la lui rendit captive.
Il sut étaler sous nos yeux,
Par sa logique condensée,
Tous les replis mystérieux
Dont s'enveloppe la pensée.
Il obtint, en un mot, un si brillant succès,
Eclaircit à tel point tout ce qui semblait louche,
Qu'à lui seul il suffit pour vider le procès :
Thémis avait parlé, disait-on, par sa bouche.

Le tribunal, enfin, amplement renseigné,
Délibéra longtemps, puis donna sa réponse :
Nestor est à Nemrod. — L'autre, peu résigné,
Veut que la cour d'appel, elle aussi, se prononce.

Malheureux ! fais appel plutôt à la raison !
Le public, sans aucun scrupule,
Lancera sur toi le poison
Du comique, du ridicule.
On t'a sauvé du déshonneur,
N'as-tu pas brûlé tes antennes ?
Et pour consommer ton malheur,
Tu veux encore brûler tes pennes !...

Insensé ! sur ton sort je me sens attendri :
  Aurais-tu cent fois bec et griffe,
  Tu rouleras, nouveau Sysiphe,
  Sur les flancs du rocher, meurtri.
  Thémis, à la cour plus altière,
  Est-elle plus ou moins sincère,
  Quand la déesse, en son boudoir,
  A mis du rouge, au lieu du noir ?
Et crois-tu que celui qui te pousse à l'abîme
  Viendra t'empêcher de périr ?
  Celui qui conseille le crime
  Est impuissant à secourir.
Va, pauvre halluciné, si tel est ton délire,
  Va balayer ces bancs poudreux !
  Après ce que j'ai pu te dire,
  De toi je détourne les yeux.

  Quand la passion aiguillonne,
  Autour de nous tout tourbillonne,
  Et les meilleurs conseils, en vain,
  Nous montreraient le bon chemin.
  Chacun ferait le diable à quatre,
  Quand l'amour-propre est engagé,
  Avant de cesser de combattre ;
  Le droit sens alors prend congé.
  Muse, c'est en vain que ta rime
  Veut instruire le genre humain :
  Le temps qui rongera la lime,
  Du mal respecte le venin.
  Nos penchants sont dans notre essence,
  Nul ne pourrait les réformer,
  Pas plus qu'un cerveau en démence
  N'est capable de raisonner.

**

Mais, que devient Nestor pendant tous ces débats ?
>Lecteur, ne t'en occupe pas.
Aux frais des prétendants, il vit dans l'abondance,
>Il ne se trouve pas si mal ;
>Et tous les jours il fait bombance,
>Chez le portier du tribunal.

*

A midi, trois février, sonnait l'heure fatale
Qui clora le procès en cour impériale.—
Son arrêt est rendu. — Pour fin de ces travaux,
La Cour a confirmé le jugement de Meaux.
>J'éprouve trop de répugnance,
>A vous raconter la séance.
De grands noms sont en jeu, mais je ne puis, lecteur,
De ces mesquins débats raconter la fadeur.
>Plus ce fait grandit en justice,
>Plus je sens qu'il se rapetisse,
>Et tenez-vous pour assuré
>Que j'en suis plus que saturé.
De là vient qu'à la Cour je n'ai pas vu l'affaire,
>Et la vérité m'est trop chère ;
Pour risquer un propos, par moi, non censuré.
Lorsqu'un cas est jaugé, qu'il ne fait plus d'écume,
Quel mot pourrait venir à propos sous ma plume ?
>Je hais les discours superflus ;
Ce procès désormais, pour moi, n'est qu'une épave,
>Je l'abandonne au penseur grave,
>Au moraliste, et je conclus.

Donc, le chien de Nemrod n'a point été volé,
Mais un jour il s'est envolé,
Et chez le pharmacien il a forcé la porte.
On l'a reçu de bon aloi,
Les jugements en ont fait foi,
Puisqu'ils ont conclu de la sorte,
Et, ce qui paraîtra plus fort,
On l'a reçu sans passe-port.
Qu'en était-il au fond ?... Mais respect à la forme !
Quand a parlé la loi, je veux qu'on s'y conforme.

★

Plus de cinq mille francs a coûté ce procès ;
Beaucoup disent : c'est trop ; moi je dis : pas assez.

Pour un malheureux chien, disait un aristarque,
Faut-il tant dépenser, tant plaider, faire appel ! —
Pour Nestor, j'oserais importuner le ciel,
Je crois, mais en tous cas, j'irais jusqu'au monarque.

★

Aussitôt la fin du cartel,
Nemrod court à Nestor offrir sa délivrance.
Il le trouva dans son hôtel,
Méditant sur la conscience.
« C'est pour un obscur chien qu'on a fait tant de frais
» D'argent, se disait-il, usé tant d'éloquence,
» Quand à la Justice de Paix,
» On eût pu s'expliquer et s'entendre en silence !
» Aurais-je, à mon insu, jamais fait quelque mal ?

» A vanter ma bonté tout le monde s'accorde...

   » Et c'est à moi, pauvre animal,

   » Que vous venez mettre la corde !

» Ah ! si c'est pour moi seul qu'on a tant discuté,

   » C'est trop d'honneur, en vérité,

» J'ai suivi vos débats : eh bien ! quand je raisonne,

» Je sens qu'on est heureux quand on n'est à personne. »

FIN.

Imprimerie H. PICAULT, rue de Paris, 27, à Saint-Germain.

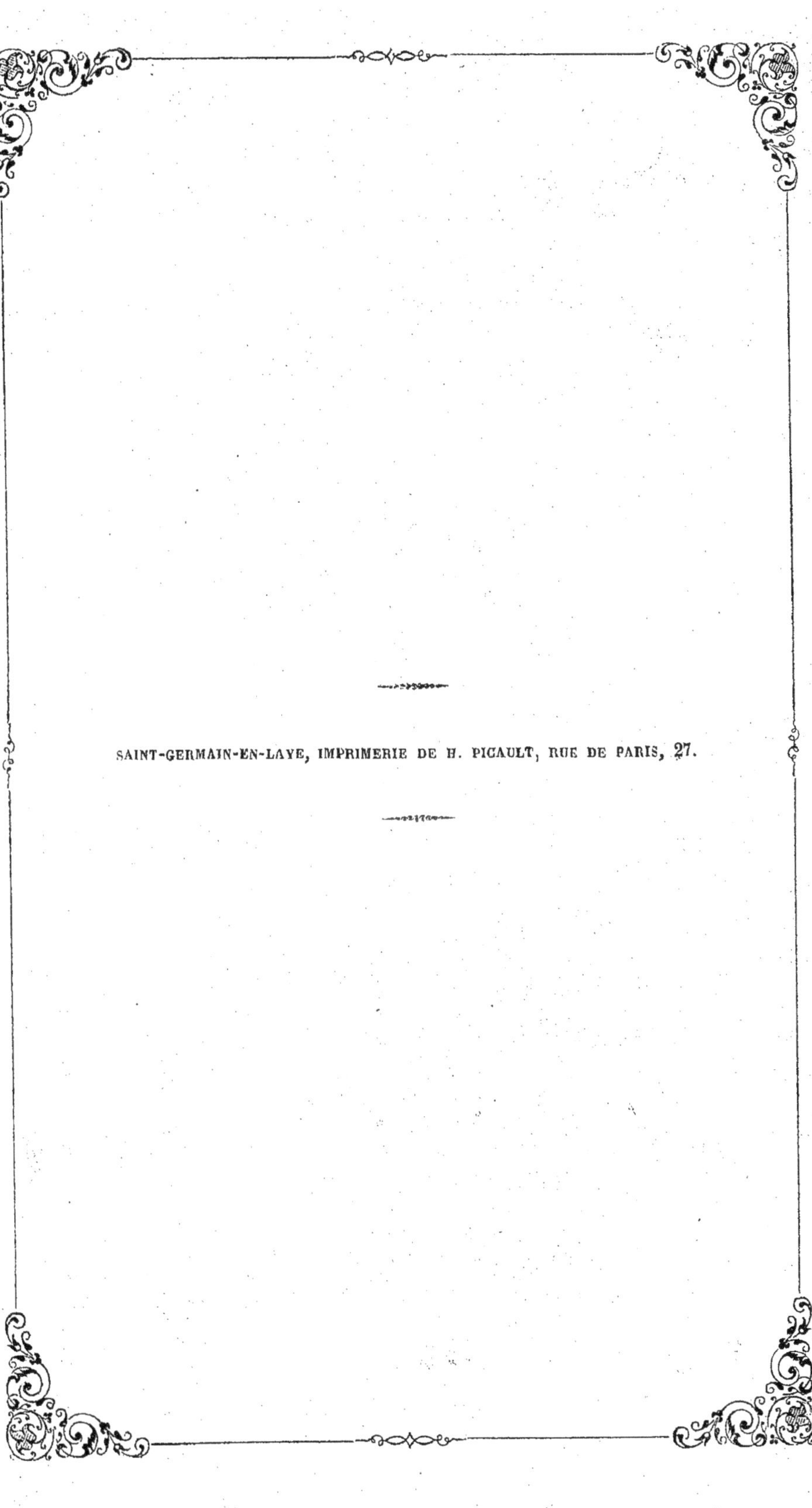

SAINT-GERMAIN-EN-LAYE, IMPRIMERIE DE H. PICAULT, RUE DE PARIS, 27.